クアドラプル　プレイ

クアドラプル　プレイ

クアドラプル　プレイ
ダブル　プレイ
トリプル　プレイの
次のプレイ

クアドラプル　プレイ＊もくじ

短歌両吟は、もともとは俳諧の連歌から同想されました。付け合いを二人で行う場合、両吟と呼称するようです。

蝦名泰洋と野樹かずみは、六十首（一人三十首）の付け合いを一巻として、短歌両吟を試みました。一首ずつ交代で詠みます。十首ごとに先攻後攻をかわるので、十首ごとに二首連続の場面があらわれます。

本書には両吟四巻と、その前後の巻から二十首を収めました。

序にかえて

キラル　アキラル（抄）

口笛を聞かなくなりし界隈に今日も無言の帰宅者が散る

泰洋

どなたへの贈りものだろう夜のバスの光の箱に詰め合わせされて

かずみ

約束のバス停留所会えるまで雪は鼓動を速めつつ降る

泰洋

降る雪を見上げているとぐんぐんと体が空へのぼっていった

かずみ

この人を鏡は映す雪月花むかしおろかにいまもおろかに

泰洋

鏡ごしに笑ってくれた子がある日ぼくはママをゆるさないと言う

かずみ

薄い背中わずかながらに気にかかる左右の翅の長さのちがい

泰洋

十字架の影であったとふと気づく空飛ぶ鳥も飛べない鳥も

かずみ

こどもらの積み木遊びの建築はためらいもなく墓の形す

泰洋

生きている人の墓には窓があり窓の向こうに友だちがいる

かずみ

起首２０１３年１月15日　満尾２０１３年３月18日

妹、真綿の錬金術師

おわるかもしれない世界のただなかでママがしばしばふといなくなる

泰洋

墓のなかの家族にあいにゆくという友を見送る　all saint day

かずみ

降りそこねた駅は遠くになりにけりまだ引きかえすこころを持たず

泰洋

ふと帰りそびれて帰れなくなって　あなたは死者のように愛されて

かずみ

信号を待つように待つ若かりし死者から立ち直るまでの間

泰洋

ここで老いていくのでしょうね　ごとごとと　石畳　ごとごとと　路面電車

かずみ

いちどだけ愛していると言ってみたやきいも売りがのぼる坂道

泰洋

空耳と思ったそれでもうれしくて一生おぼえていようと思った

かずみ

背景の夜空がふいに明るんで君の笑顔にかわる流星

泰洋

次々とすべり台から降りてくるふしぎ座流星群の星たち

かずみ

さみしい子がこぐブランコが三日月に近くなったり遠くなったり

かずみ

忘れたり思い出したり忘れたり苺細工の記憶の街で

泰洋

川の街も銀杏の街も月の街わたし何見て跳ねたのだろう

かずみ

ちっぽけな人生は小さいからいいんだダンスの子うさぎのステップ

泰洋

ステップ・バイ・ステップ今日はキッチンのゴミ出しをまずしようと思う

かずみ

カーテンが日ざしの量をはかりおり歌はゆりかご歌は墓石

泰洋

ほんとうに星は歌うんだあの歌手はチュリモフ・ゲラシメンコ彗星

かずみ

ほうき星ちかづいてきて見えてきただんだんどんな顔のひかりか

泰洋

あどけない顔だったネズミほいほいにかかってこっちを見ていたネズミ

かずみ

抱きなれぬ夫がこどもを抱いている公園出口店の入り口

泰洋

天然色の若葉が映る君と会い生まれてはじめて開いた瞳に

泰洋

夏の森に射し込む木洩れ日のように跳びはねているこどもの素足

かずみ

キャベツだったゆっくり歩く神さまのくつ下をつかんだつもりだったが
泰洋

畑にはあおむしがいる神さまのくつ下も穴があいてるとおもう
かずみ

睫毛ありサンドリヲンも桜桃を蜜と檸檬で煮る妹も

泰洋

瞑想のまぶたのような花びらをこぼしていなくなる冬の薔薇

かずみ

絵の中で火が燃えている絵を燃やす画家を描いている画学生

泰洋

画学生も燃えてしまった　無言館にわたしの故郷の山の絵がある

かずみ

死にそうにない人たちが死んでゆくひげそりにたまるひげの数々

泰洋

この地上をはなれて考えたいこともあると思うまだ生きている父も

かずみ

初雪のあさ散ってゆく紅葉がそれじゃあまたねってささやいた

かずみ

消えることに一途な虹を追いかけて慣れたもんだよさよならなんて

泰洋

戦争は似合わないから神さまに呼び戻されたのだろう　中也も

かずみ

中也よりＡＫＢが好きだけどどれが詩なのかはちょとわからない

泰洋

人魚姫のひとりでしょうか夜の雨の街にせつなく立っていたのは

かずみ

夏過ぎてようやく泳ぎつきましたアンデルセンの銅の指まで

泰洋

マッチの火が壁に浮かべる絵のようなメリークリスマスわたしの家族

かずみ

錬金を他人のためになすなれば錬金の透明は空の透明

泰洋

ずっといっしょにいるって感じの別れぎわ見あげた街の空に満月

かずみ

手ぶくろをぬいだ握手の離れぎわもうひとにぎりする片思い

泰洋

戸口毎兄はいますかと尋ねまわる赤い頭巾のいもうとたちの

泰洋

貧しさに気づかなかった秘密めき隠れ家めいていた兄の部屋

かずみ

不織布もて花粉粒子を拒みおりいまなつかしき蝶の遊泳

泰洋

わたしにもちいさなぬいぐるみがあった熱烈歓迎パンダの季節

かずみ

森暗き夜も明るい昼さえもその手を探しその手を探す

泰洋

あのひとをあの夜寄りかからせていた電信柱に行方を問うも

かずみ

電柱と下校児童と空とぼく空がいちばん帰れなさそう

泰洋

書いている手紙の文字も読めないが夕ぐれとおくの青があかるい

かずみ

前略　秋さま　生まれかわってもふたたびさびしくなれますように

泰洋

さびしさの底のほう、もっと底のほうへひとりを探しにゆく　月あかり

かずみ

あえばとおい砂漠に花がひらくこと　ふたり自販機の前に並んで

かずみ

妃まぶし後宮の千の自販機のパネルライトに胸照らされて

泰洋

意外にも明るい夜道このあかりの何パーセントが愛なのだろう

かずみ

私なの？　私が猫のような背を見せて彼に告白するの？　そ。

泰洋

そう、猫もぼくらも愛のため百万回も死んでもいいと祈ったの、ら。

かずみ

つくしほどのちいさな同意があったので春はきました冬のかわりに

泰洋

ひなどりを歩かせて遊ぶひなどりと呼びたいほどの小さな子らが

かずみ

屈強なおとなたちがひるむのはおもむろにガラケーを出す小学生

泰洋

呼び出されてゆくスーパーの駐車場おもいがけない雪原に出る

かずみ

青い胸の風に未読のゲド戦記葉束のごとく吹かれつつあり

泰洋

起首2014年11月2日　満尾2015年1月11日

キキとララの肖像

たんぽぽの野原に捨ててあったのは古いタイヤと天使の翼

かずみ

また生まれまた会うならばブランコで緯度と経度のない公園の

泰洋

縦糸も横糸もあるタペストリーの糸の一筋あるいはすべて

かずみ

地上にて織りなす暑さ寒ささえ言葉に変えるそのメトードは

泰洋

やわらかな赤ちゃんの髪が鼻先に呼びもどすお祭りのわたがし

かずみ

少女から少女へ渡す少年の青ろっ骨に二日分の老い

泰洋

老いて消える青とはどんな空だろう子の蒙古斑うすくなりゆく

かずみ

あこがれがあせないようにがまんする聴きたい曲を聴かないように

泰洋

消えながら旋律を呼ぶワルシャワに別れを告げるピアノの音も

かずみ

クラシックの時代区切りもないわけでそろそろショパンが生まれてもいい

泰洋

この春が最後の春と思いなば春の心ものどがからから

泰洋

ふるさとの石垣羊歯にふれたがる指かなめぐりくる春ごとに

かずみ

肩の琴の羊の腸を馬の尾で奏でる草の原の祝婚

泰洋

草原から砂漠へつづく空があり羊雲あり　ふと消えている

かずみ

一斤の羊雲もて大空は涙をこらえているかもしれず

泰洋

おそらくはあなたのために空が目を赤く腫らしている朝と夕

かずみ

空となる子かもしれないおりたたむ洗濯物を階段にして

泰洋

錆びついた非常階段ここから降りてくる神さまもいるだろうか

かずみ

人色によごされているこざとへんを昇る少年少女たちさえ

泰洋

情報やつぶやきというウィルスにまみれて暮らす　致死性かしら

かずみ

友だちは忽然と消え放課後のわたしの手足がとほうにくれる

かずみ

七十億みな人質になりにけりその告知さえ届くことなく

泰洋

埋葬の土くれでありたいかもしれない空からぼたぼた落ちてくる雪

かずみ

君のため光は歩く絶世の地上の影を濃く刻みつつ

泰洋

友だちのちょうちん袖のまるい影すこしあこがれながら歩いた

かずみ

腕の地平　胸の地平　肩の地平　首の地平　髪の地平　線

泰洋

目の前のひとりがはてしもなく遠く　愛したものは距離かもしれない

かずみ

秋霜の引き抜き編みの記号図のときとは永久に移らざるもの

泰洋

昭和四十九年秋号編み物のページをひらけば亡き母が顕つ

かずみ

ははそはの母とぞなりぬ母の背に負われしままのわたしながらに

泰洋

ふたつ星てんとう虫が背にとまる神話をたどる考古学者の

泰洋

どちらがより多くの嘘を語るだろう考古学者と未来学者と

かずみ

両翼を返す儀式がすんだあと目覚める朝をくりかえしつつ

泰洋

型紙はとっておいてね聖夜劇の天使の役でつけた翼の

かずみ

ひときれも雲はないけど笑う人のかわりに泣いてあげる青空

泰洋

ページをめくる指から涙がこぼれ落ちるような詩集を読みたいなあ

かずみ

いちにさんかぞえることをおぼえた子星は複数空は単数

泰洋

月の骨がしいんと白い　朝はいつもだれかが死んだあとにくる朝

かずみ

陰膳をまたととのえる火の色に一人を欠いたまま二重奏

泰洋

自然発火している三月クロッカスの黄色ちいさな炎のように

かずみ

いまだって怪奇と書き間違えたいな　月の皆既の蝕のことだよ

かずみ

年々の買い物籠へ月蝕のダリアほめられもせぬ母のために

泰洋

母はいま夕鶴だからその部屋をきみはのぞいてはいけないんだ

かずみ

ここで散ろう散ろうとすれどあえなくも羽ばたいてしまう湖の白鳥

泰洋

青でできているとおもう空や海のように半分くらいはわたしも

かずみ

天満橋、天神橋のつぎの橋生はさいころ死はやつぎばや

泰洋

夕暮れは橋を渡って消えるバス　ここはいつでも死の前夜祭

かずみ

飼い主を探すポスター円内に迷子とも思えぬ猫の写真

泰洋

下校の子のあとからひょこひょこついてきた犬なにくわぬ顔で家族だ

かずみ

夕月の貨物車を追うレトリバとディランの歌のつづきを探せ

泰洋

ひとつずつ家具をへらしてゆくことも旅のしたくと思えばまぶし

泰洋

何ひとつ片付かないまま家を出て車窓に雨の桜みている

かずみ

なぜうそをついておかねばならぬのか考えてみたらばからしくなった

泰洋

信じたい嘘にひきよせられている誘蛾灯下の我と思うも

かずみ

「馬と驢馬と騾馬とかように仲良うに」「アンデルセンな夜じゃきにのぉ」

泰洋

「架空の国だったんでしょう」「死んだのはほんものの牛馬と人間だよ」

かずみ

運ぶのを手伝っているお父さんだれかの星へ名もなきひかりを

泰洋

姉はララ弟はキキゆめ星雲おもいやり星生まれの双子

かずみ

地球の自転とめてみたいな時間が進まなければいいのに

自転車をとめて待ってる遠くから風が旅してくるというから

泰洋

かずみ

起首２０１５年１月20日　満尾同４月27日

ソフィア・シンフォニア

いない日のいないいさびしさといるときのいるさびしさをつなぐ角笛

泰洋

校庭にしゃがんで砂をなでている子どもがいるそしていなくなる

かずみ

往くほほも帰るひたいも茜さす善意がばれてあたまかく子も

泰洋

魔法使いのところへ行ける鍵かもね日暮れ拾ったカラスの羽根は

かずみ

朝からはむりだけれども日ぐれならとけるのかもね難問題も

泰洋

まちがいのなかを歩いている気がする霧立ちのぼる秋のあけぼの

かずみ

永遠は見た目よりかも一瞬に似ているスケアクロウはまろび

泰洋

だるまさんがころんだそしてふりむいた一瞬みんなスケアクロウだ

かずみ

人生も詰め替え用があったらなあてるてる坊主てれている晴れ

泰洋

少年のポケットに似て人生ははかないものでふくらんでいる

かずみ

手から手へボールを渡すそのようにわたしを生かした人たちの手つき

かずみ

ふれば手がひかりになってしまうこと気づかず人は無垢に手をふる

泰洋

おもいではひかりのなかに立っている声から音が消えるあたりに

かずみ

孫の声はルパンの声に似ていますす声変わりする前のルパンの

泰洋

池のまわりを時計まわりに走る子をつかまえにゆく反時計まわり

かずみ

風を追い風に追われて風となりいまは朝陽に映える帆を押す

泰洋

ほほえみを消そう消そうとするように難民キャンプに吹く冬の風

かずみ

あせてなおあたらしく吾をひきよせる色のなまえをオルフェーヴルと

泰洋

ぐりまとは蛙の名前そのむかし心平さんに手紙を書いた

かずみ

詩はだめですねと辻征夫からのはがき詞も郵便もかざりなし

泰洋

王の役狩人の役月の役津田沼駅の駅員の役

泰洋

ハロウィンのゾンビの仮装はさっきまで見えないところにいた子どもたち

かずみ

人間の人間たちのふたたびの過失が見えぬ歯車を組む

泰洋

水車とはこういうものと言いたげにギーコットンと水車はまわる

かずみ

ゆく河の流れに青林堂の屋根白土三平〜トニー・マラーノ

泰洋

鬼太郎の目玉おやじがなつかしい水木しげるも逝きてかえらぬ

かずみ

月蝕と薄氷うまれかわってもわたしの弟でいてほしい

泰洋

弟ならあの夕ぐれの空を飛ぶわたしや地球と同じ速さで

かずみ

真剣に経営会議がすすむ窓モフィのおしりのような雲浮く

泰洋

存備橋越えて幻想郷に至る路線図があるノートの端に

かずみ

くすくす笑うくすくす笑う誰からも見えないところにいるわたしたち

かずみ

風だけに耳をすませたさよならをさきに言ったら負けだと思い

泰洋

さよならを幾度告げてもさよならにならない罠があるみたいだよ

かずみ

うまい話あるんですよと誘われて短歌を選んだわけではないが

泰洋

もうひとりのわたしのためにもうひとつの世界が必要だったってこと

かずみ

水を追う水の迅さの岸辺よりわたしをのせるきのうの舟に

泰洋

レコードで覚えたYESTERDAYを今日教えるレコードを知らない子に

かずみ

赤い灯を消え去るもののためにこそ点せ帰りの道の標に

泰洋

赤い目のサソリがいたことはたしかお風呂帰りの家族の空に

かずみ

これからは毎日書くことになるだろう大人になれないきりんのおはなし

泰洋

好きな場所に花を置いてみてください好きな場所というのがわからない

泰洋

どんなふうに生きれば幸せになるか大人もわかっていないと思う

かずみ

空の海へ逆にひかりをふりそそぎ政治家として生きていこう

泰洋

政治？　思い出すのは選挙カーが通ると遠吠えしていた愛犬

かずみ

「用心棒」のファーストシーンに犬は来たり静かに映画の幕をあげる

泰洋

どんな風の音にもひとすじの声がからまるアイアムコーリングユー

かずみ

バグダッドバグダッドから夏泊半島までの人の世の旅

泰洋

子どものため子どもを置いてマリアたちたとえばドバイへ出稼ぎにゆく

かずみ

業火の子帰り玄関で笑う明くる日ふたたび業火へ

泰洋

ぼくという輪郭なんとかつくるためつなぎあわせるちぐはぐな嘘

かずみ

内臓が抜け落ちたような闇をのこし、さよならぼくたちの中学校

かずみ

死ぬ声も生きぬく声もむつまじくひとつの駅の声なき汽車に

泰洋

黙っているこの子も黙って大人たちを守ってあげる子どものひとり

かずみ

会いに行こうおとなになったら消えてゆくこどもじゃなくて消えぬこどもに

泰洋

ここ過ぎて生きのびるため少女らはお喋りをするたくさん笑う

かずみ

生誕祭からだを返す日はあれどこころを返す日はなかりけり

泰洋

なんのため預かっている心だろう花びら灰色に散るのちまでも

かずみ

もしかしてこころは一個かもしれぬ七十億人生きているのに

泰洋

こんな人にだけはなるまいと思っていたこんな人にたまにはなっている
かずみ

そうは思っていないのにそう言ってしまったなにかが欠けているのだろうな
泰洋

起首2015年10月6日　満尾2016年4月12日

フェリーニ忌

あの頃も今も変わらぬ花である人なつっこくて人間ぎらい

かずみ

愛していると云ってくれ愛していると謂ってくれ正解言ってくれ

泰洋

ふられたらそれまでなんだとわからない還暦男子の頭の悪さよ

かずみ

柑橘のラフカディオからわたされた種となる火の手に触れる熱

泰洋

クラス旗に檸檬を塗って壇上で炎にかざすという案　却下

かずみ

男カスタマイズさびしさと女カスタマイズさびしさはちがうのか

泰洋

露でしょう睡蓮の葉のさびしさもなずな野原のさびしさたちも

かずみ

途絶えそうな鳥の種類に似て月は欠けてゆくわが町の頭上で

泰洋

町を出ていって帰らぬ半ズボンの男子もタイガーマスクの歌も

かずみ

お互いに互いの葬儀に出たくない姉弟の貨車すれちがい

泰洋

十度目の BABYMETAL 忌思ほえば愛は普遍に気づかないかも

泰洋

神さまの指紋のなかで迷っている春の砂丘のこいびとたちも

かずみ

透明な問い不透明な答え半透明の空に交わる

泰洋

みあげれば卵を抱いて巣にすわるツバメと目があう朝な夕なに

かずみ

これ以上ちいさくすればとべないと風に相談してきめた羽根

泰洋

ぐらぐらと危うい空に宙づりのモビール老いてゆく鳥たちの

かずみ

凛々とちかづいてくるやきいも屋、やきいも屋のような棺屋

泰洋

棺を花で埋めたらあとは宇宙船を見送るように見送るばかり

かずみ

季節なき星より季節ある星へ宇宙船にて行くいちご狩り

泰洋

着くころは次の季節に移っていてまだ春服のままの七月

かずみ

広島と月よりとおい広島をつなぐ途中の広島の　夏

かずみ

ばくげきのきのこではなく青空へおちたちいさななみだのかたち

泰洋

iPadのゲーム画面に風が立ち少年がゆくとおい麦畑

かずみ

風は立ち君の名は秋　麦畑　善を贖うには明るすぎ

泰洋

手もとからひろがる夕やみ泡立ち草　生きても生きても恥ずかしい

かずみ

あたらしい靴を炉端に春はまだ春はまだ来ぬ津軽野の雪

泰洋

スカーフを被りたかった少女らのクーデター未遂も雪のなか

かずみ

駅鈴を鳴らす秋風夕焼けは未遂に暮れて子午線を越ゆ

泰洋

憧れは消えてゆかない　もっと深い孤独は孤独じゃないかもしれない

かずみ

陽と書きいつわりと読む非孤独も無常の風の陰と知りせば

泰洋

大きくて見えぬがイルカのみならず実はくじらもドルフィンキック

泰洋

グーグルアースのどこかにあらわれるだろうトリトンを乗せた白いイルカも

かずみ

カレー市民の末裔として公園にスマホでゲットのため彷徨す

泰洋

思いがけぬ遠くまでゆく幼なじみだったカビゴンたちに呼ばれて

かずみ

他人の、他人の涙を描くため私という名前を借りる

泰洋

親たちの秘密を自分の秘密のように抱えて子どももなかなかしんどい

かずみ

星食べてないしょにしたな髪先を蛍がほどに明滅させて

泰洋

ポケットにしまっているのは昨日まで小さなバイオリンだった蝉

かずみ

青空は夏に生まれて夏に死ぬ蟬が残した一枚の夢

泰洋

消えてゆく雲のコッペパン消えなければ愛があったとも気づかない

かずみ

再稼動を告げる号外わたしたちのどこかに苦い亀裂が走る

かずみ

アルザスに消えグルノーブルに消えカンヌに消えてパリには残る

泰洋

夾竹桃の赤の点滅この街に来てからとほうにくれてばかりだ

かずみ

待ちながらとどまるこころの文法でエストラゴンを複数形に

泰洋

バス停でバス待っている間違ったバス停で間違ったバス待っている

かずみ

閉園後の動物園に声がするアフリカにいないアフリカ象の

泰洋

アフリカの夜明け　ときどき人生がまだはじまっていない気がする

かずみ

聞くだろうとおいまつりのふえたいこはじまっていない生のおわりに

泰洋

教室を出されて民具館へしまわれてしずかな足踏みオルガン

かずみ

正午なり音楽室から購買へ走る二十三秒五八

泰洋

オベットとコーの捨てたる物語拾わんとして菫に触れる

泰洋

点々と野にある菫のようだった青いインクの手紙の文字は

かずみ

無精ひげ見えます顎があがってます青空フェチの数学教師

泰洋

川に映る青空に足さしこんでたちまちびしょぬれの子どもたち

かずみ

もちつきのうさぎの気持ちわかるかも素足で月を歩いてみたら

泰洋

いつもきみを連れていたよね怪獣の子をもちあげて運ぶ具合に

かずみ

一日の終わり背中のファスナーから抜ければ父でも夫でもなく

泰洋

オレンジのジュースの瓶の笛吹いて歩いていった夕やけ小やけ

かずみ

遠い島の音叉の響きに共鳴す魚のあばらわたしのあばら

泰洋

しあわせなとてもしあわせなおばあさんが横たわるでしょう　わたしの棺

かずみ

起首２０１６年６月１日　満尾同　10月１日

「クアドラプル　プレイ」その後の巻から

ながいながいゆうぐれがあったわたしたちの時間に犬の時間を足して

かずみ

なにかあってもなにかあったかとは問わずからすの巣までからすを送る

泰洋

放課後の友だちといたなつかしい地層の上にゆれる菜の花

かずみ

天使じゃないでも天使に必要なものはぜんぶ持ってる元カレ

泰洋

おもちゃ箱の好きなおもちゃを探せない大きな箱ではないのだけどな

泰洋

神さまは隠れているわたしたちがいつまでも探しつづけるように

かずみ

ほんとうに上手にゾウさん描けたわねって、ばっちりキリンを描いたつもりが
泰洋

「かなしみ」というところぜんぶ「たのしみ」と言いかえて歌う子どもだった
かずみ

ワンワンとママとブッブーただ三つの呪文で今年を生き抜いた赤ちゃん

かずみ

非常灯赤き病院の廊下まで世界にはもったいない産声

泰洋

第23巻　キアロスクーロ　　起首2016年10月7日　満尾2017年3月13日

第25巻　ロイター通信　　起首2017年9月27日　満尾2018年4月6日

第26巻　さっきの黒い馬　　起首2018年6月12日　満尾2018年12月15日

緯度と経度のない公園で

野樹かずみ

一九九〇年秋のある日、下宿に一通の手紙が届きました。青森の蝦名泰洋という見知らぬ人から。いえ、名前は見覚えがありました。歌誌『月光』で見かけていたから。

はじめからジョバンニなどはいないのに樹下ジョバンニの長靴冷える　　蝦名泰洋

という短歌を、衝撃とともに記憶していました。この人は、どうしてこんな不思議なことを知っているのだろう、と思ったのでした。

手紙は、野樹の短歌の話でした。とまどったような気がします。短歌について私は考えたことがなかったので。私も短歌は書いたのです。一度か二度は投稿もしていたようなのです。でもそのまま忘れて、自分の書いたものが雑誌に載ったり、誰かがそれを読むとは夢にも思っていませんでした。

返事をどう書けばいいかわからず、ノートに書きつけていた短歌を、書き写して送ったと思います。すると返事がきました。私の短歌に○×△がつけてありました。◎もありました。点数も書いてありました。○点とか二○点とか一○○点とか。歌評をしてもらったようです。ところが、何が書いてあるのか私はわかりませんでした。自分では同じことを書いているつもりなのに、なぜ片方は○点で片方は一○○点なのか。わからなさすぎて質問もできません。また短歌を書いて送りました。するとまた点数がついて返ってきました。蝦名さんも短歌を送ってくれました。後に歌集『イーハトーブ喪失』に収録された「モスクワの羊飼い」の一連を、私はどきどきしながら読みました。短歌ってこんなに素敵なのか。どうしてこんなに心に届くのか。一度東京で会ったとき、「ぼくが一○○点をつけた歌を纏めて、短歌研究に送ってごらん」と蝦名さんが言いました。一○○点たちを並べてみると、思いがけない地平が見えました。一九九一年の新人賞を受賞しました。

さて、それからが。歌人の方たちから、声をかけられても、どう返事をしていいかわかりません。歌を書くように言われても、一○○点を書いているのか○点を書いているのか自分でわからなくて、不安でたまらない。いてはいけないところにいるような気がしてきました。人生の変化も重なったのです。学生時代から一○年住んだ広島を離れて、東京で暮らし始めていたのですが、ここがどこか、私がだれか、日ごとにたよりなくて、少しずつ自分が壊れていく感じがしていました。

日付を見ると、最初の両吟は、その頃にはじまっています。俳句の連句のようなことをやろうと、蝦名さんが言ったと思います。一首ずつ、短歌が行き来するわけでした。東京と青森とを、手紙や葉書や、ときにはファックスで。冬に届く葉書には、インクがにじまないようにロウが塗ってあって、ああ雪国なんだなと思いました。

翌年、北海道に旅した帰りに、青森で蝦名さんに会いました。ふと、紙に何か書いて渡されました。短歌です。では私も返さないといけない。また両吟が始まって、そのときは一日で一巻を巻いたと思います。六〇首を一日で。二人ともあまり話さなくて、短歌を書いた紙だけが、数分後に、三〇分後または一時間後に、行ったり来たりしていました。あのとき、嵯峨信之の詩の話を蝦名さんがしたことを覚えています。「四国の女、という詩がいいよ」。正しくは「淡路の女」という詩です。あとで読んで、あまりにもそのときの自分に刺さって、たまんないなと思いました。

短歌はもう無理、苦しい、と私はそのころ思っていました。一行への過集中が危険、と感じていたようにも思います。でも蝦名さんから短歌が届くと、私も短歌を書くのでした。両吟はそんなふうに続き、そして、いつ途絶えたかわからないうちに、途絶えました。

数か月や数年で、私はばたばたと引っ越しを繰り返し、短歌も書かなくなりました。二〇〇一年、東京を引き払って広島に戻るとき、数年ぶりに蝦名さんに手紙を送ったら、宛先不明で戻ってきて、胸の痛みを感じました。それからずっとお互いに行方不明でした。

二〇〇六年、歌集『路程記』をまとめたのを機に、私はまたおそるおそる短歌を書きはじめました。数年後、蝦名さんの消息を教えてくれる人がいて、教えてもらった関東地方の住所に、本を送ると、感想を書いた葉書が返ってきました。なつかしい筆跡でした。

二〇一〇年の冬、一七年ぶりに東京で蝦名さんに会いました。そのときか、その次に会ったときか、昔、両吟をやったよね、という話になったのですが、私はにわかに思い出せませんでした。両吟をしたことはもちろん覚えているのですが、内容もタイトルも何にも思い出せなかったのです。蝦名さんももう原稿は持っていないと言いました。

もしかしたらどこかにあるかしら。探し始めて、押入の段ボールの紙くずのなかから拾いあげたとき、見つかってよかったという気持ちと、紛失していればよかったのに、という気持ちが交差しました。原稿を、私はしばらく読み返す勇気がなかったです。恥ずかしさにのたうちまわるだろうという気がして。でも私の歌の横には、蝦名さんの歌があり、それはやはり何か大切なものに思えました。

原稿はワープロ用の感熱紙に印字してあり、文字はところどころ消えかかっていました。

昔の両吟の原稿を発掘したと蝦名さんに伝えたときに、「雪の日の足跡のよう感熱紙にかすかに残る歌の文字よむ」と書いたら、たちまち、「文字ならばすべてがうそになりそうで白紙のままに置く京花箋」と返ってきて、なんと、また両吟がはじまりました。

二〇一三年の冬、一八年ぶりに再開した両吟は、それからえんえんとつづきました。調子が悪いとか何とか言いながら。手紙ではなく、メールでのやりとりになったのが、昔とは違っていました。九〇年代に巻いた最初の五巻も含めて、一八巻を、これまでに五冊の小冊子にまとめました。読んでくださった方もいるでしょうか。楽しんでもらえていたらいいのですが。本書には、その次の四巻、二〇一四年の終わりから一六年に巻いたものを収録しました。両吟はこのあとも続いています。

幾つかの歌は、それぞれの個人歌集にも収録されると思います。そこでは、歌はまた違う表情を見せるでしょう。

*

両吟をつづけながら、思い出していたのは、子どものころによく遊びに行った森のことです。沼のほとりにすわって鳥の声を聞きました。鳥たちは啼き交わしていました。あっちの森からこっちの森へ、ときどき思いがけない茂みから。聞いているとそれは、いつも同じ啼き方ではなく、長くきれいな声のあとに、ほんの咳払い、といった感じの声が返ってきたり、もう返事を期待しなくなったころに、澄んだ声がまた響いたり、また沈黙したり。いろいろあるんだなあと面白かったのです。

鳥たちは森で、啼くよりしょうがないのでした。自分がだれか、相手がだれか、何を歌っているのかも、あんまりわかっていなくても。啼くと、向こうから声が返ってきます。私は蝦名さんの歌を受け取ることが、いつもとてもうれしかったのです。拙さを顧みず啼き返す私も、けっこう勇気があったと思います。

蝦名さんは、ときどき凄いことを言います。小冊子のあとがきから拾ってみます。

短歌を生んでいるのは短歌さんです。ならば歌人の仕事はなんでしょう。それは、短歌さんのじゃまをしないことだとぼくは考えています。短歌さんが通るときに道をあける、それが歌人の仕事です。

才能とは、他人のために灰になる力ではないだろうか。

詩誌『洪水』一九号には、連句について書いています。

連句には駄句がないというはなしを聞いたことがあります。聞きまちがいだったかもしれませんし、記憶ちがいかもしれません。でもありえるはなしです。

前の人が仮に駄句を付けたとしましょう。その句を次の人は輝かせるかもしれない。駄句同士を掛け合わせて輝かせるかもしれないし佳句で輝かせるかもしれない。この駄句には生きる道があるんだぞという意志が連衆には宿っている。座に参加した以上、他人の句を輝かせずにおくものかという気持ちが充満していたら、それではなしが終わってもかまわないくらい。

どの参加者も、言うなれば過去に向かって希望が持てる、それも連句の特質だと思います。昨日の自分に向かって希望が持てる文学なんて世界広しと言えど日本の連句ぐらいでしょう。

最初の両吟から、三〇年です。私たちの両吟が、途中一八年の中断を経ながらも、ここまでつづいてきたのは、蝦名さんのこの心がけのおかげでしょう。野樹がしあわせなのは。

*

両吟をはじめた九二年頃、一枚の葉書をもらいました。「神さま、ぼくの友だちが短歌を書きました」と書いてあったと記憶しています。そんなふうな言い方で、野樹がそのとき書いた短歌をほめてくれたのでしょう。

そこに書かれていた「友だち」という言葉を、いまとても慕わしく思います。友だちが、いてくれたのでした。

「夜のなかを歩みとおすときに助けになるものは橋でも翼でもなく、友の足音だ、ということを、ぼくは身にしみて経験している」という、思想家ベンヤミンの言葉（『友の足跡』野村修訳）を思い出します。

私たちの両吟集が、この世界に、そのような足音があるということの、ひとつの証明であればよいと思います。だれにとっても、友の足音がありますように。どんなときも、友の足音があること、足音になることを、けっしてあきらめないでいてくれますように。

おとぎ話を生きています。緯度と経度のない公園で、青い鳥を探す。たとえば、短歌さん、という名の。

二〇二一年六月雨の日に

蝦名泰洋さんは、癌で闘病中でした。肺炎になり、七月二十六日に永眠されました。

蝦名さんの「短歌さん」たちが、私の胸のなかを歩いてゆきます。はじめてその歌を受け取ったときの喜びの感触とともに。きっとこれからもそうでしょう。感謝ばかり。感謝ばかりです。

本書の出版に尽力くださった加藤治郎さんと田島安江さんに心からお礼申し上げます。私たちの最後の日々を楽しくしていただきました。

短歌があってよかったと思います。ひぐらしがしきりに鳴いています。

二〇二二年八月二日追記

短歌両吟　蝦名泰洋　野樹かずみ　１９９２〜２０２０

第一集「類人鳥」（２０１３年４月１日発行私家版）

類人鳥　起首１９９２年６月４日　満尾１９９２年７月27日

二人のカフカ　起首１９９２年10月20日　満尾１９９２年12月30日

絵のない絵本　起首１９９３年２月17日　満尾１９９３年３月19日

海が聞こえる　起首１９９３年９月６日　午前０時25分
満尾１９９３年９月７日　午前０時56分

非相聞　起首１９９３年９月９日　満尾１９９４年12月31日

キラル　アキラル　起首２０１３年１月15日　満尾２０１３年３月18日

第二集「天体育ち」（２０１３年12月１日発行私家版）

天体育ち　起首２０１３年４月15日　満尾２０１３年５月31日

yes yes yes　起首２０１３年６月２日　満尾２０１３年６月19日

万延元年のベースボール　起首２０１３年６月26日　満尾２０１３年７月14日

第三集「ピクトグラム」（２０１４年４月１日発行私家版）

日の名残り　起首２０１３年７月20日　満尾２０１３年８月22日

神々のスマホ　起首２０１３年８月25日　満尾２０１３年10月７日

ピクトグラム　起首２０１３年10月11日　満尾２０１３年11月12日

第四集「カノープスを探して」（２０１４年11月１日発行私家版）

ザナルカンド　起首２０１３年12月11日　満尾２０１４年１月４日

大人守歌　起首２０１４年１月８日　満尾２０１４年２月３日

ソナチネ　起首２０１４年２月５日　満尾２０１４年３月17日

第五集「夕焼けを見る装置」（２０１５年８月１日発行私家版）

first of May　起首２０１４年３月24日　満尾２０１４年６月３日

夕焼けを見る装置　起首２０１４年６月８日　満尾２０１４年７月14日

ギー・シャルル・クロスの余白に　起首２０１４年７月18日　満尾２０１４年９月23日

本集「クアドラプル　プレイ」

妹、真綿の錬金術師	起首２０１４年11月２日	満尾２０１５年１月11日
キキとララの肖像	起首２０１５年１月20日	満尾２０１５年４月27日
ソフィア・シンフォニア	起首２０１５年10月６日	満尾２０１６年４月12日
フェリーニ忌	起首２０１６年６月１日	満尾２０１６年10月１日

未収録

キアロスクーロ	起首２０１６年10月７日	満尾２０１７年３月13日
ワルツィング・マチルダ	起首２０１７年４月３日	満尾２０１７年９月26日
ロイター通信	起首２０１７年９月27日	満尾２０１８年４月６日
さっきの黒い馬	起首２０１８年６月12日	満尾２０１８年12月15日
ホレイシオ	起首２０１９年２月３日	満尾２０１９年９月24日
カイエ	起首２０１９年10月16日	満尾２０２０年９月16日

■著者略歴

蝦名泰洋（えびな・やすひろ）

子供時代、詩を書きたいと願う。書けない。高校生のときに別役実の童話「淋しいおさかな」を知る。影響あり。詩は書けず。安西水丸の漫画「青の時代」、鈴木翁二の影響を受ける。荒地派、櫂派、辻征夫、多田智満子を読む。詩は書けない。あるとき吉岡実の『詩を書きたい人は短歌を勉強してみるといい』という言葉に触れ、短歌を書くようになる。紀野恵、中城ふみ子、相良宏などの作品を好きになり歌を書き重ねる。詩を書けない日々がつづいたがのちに唐突に「カムパネルラ忌」「七夕」を書く。初めて「私」を失くす。もう森へは行かない。１９９３年沖積舎より歌集「イーハトーブ喪失」出版。１９９４年伊丹イタリアの筆名による私家版で詩集「カール　ハインツ　ベルナルト」出版。笹井宏之、杉﨑恒夫、小原奈実の短歌作品に興味を持ち、作歌をつづけた。１９５６年青森県生まれ。

２０２１年７月26日　永眠。

野樹かずみ（のぎ・かずみ）

１９６３年愛媛県生まれ。学生のころ、散文で何かを、たぶん小説のようなものを書こうと試みる。情景や気持ちのメモが、次第に短歌のようなかたちになっていた。どれだけ書いても到底書けると思えなかったことが、たった1行で書けたことに驚いたのが、短歌との出会い。１９９１年短歌研究新人賞受賞。歌集に『路程記』（２００６）『もうひとりのわたしがどこかとおくにいていまこの月をみているとおもう』（２０１１）詩人の河津聖恵との共著に『cristmas mountain　わたしたちの路地』『天秤　わたしたちの空』（ともに２００９）。未来短歌会所属。広島在住。

クアドラプル　プレイ

二〇二一年九月二十六日　第一刷発行

著　者　蝦名泰洋　野樹かずみ

発行者　田島安江

発行所　株式会社 書肆侃侃房（しょしかんかんぼう）
〒八一〇 - 〇〇四一
福岡市中央区大名二 - 八 - 十八 - 五〇一
TEL：〇九二 - 七三五 - 二八〇二
FAX：〇九二 - 七三五 - 二七九二
http://www.kankanbou.com　info@kankanbou.com

編集　田島安江
ブックデザイン　藤田瞳
印刷・製本　大同印刷株式会社

ISBN978-4-86385-479-6　C0092